Rudolf Kainz

# Trauer dich doch

## Ein Begleiter auf dem Weg der Trauer

Fromm Verlag

**Imprint**



Cover image: Vom Autor bereitgestellt

Publisher:
Fromm Verlag
is a trademark of
Dodo Books Indian Ocean Ltd. and OmniScriptum S.R.L publishing group

120 High Road, East Finchley, London, N2 9ED, United Kingdom
Str. Armeneasca 28/1, office 1, Chisinau MD-2012, Republic of Moldova, Europe
Printed at: see last page
**ISBN: 978-620-2-44076-9**

**Rudolf Kainz**

Jg. 1959, verheiratet,
drei erwachsene Kinder

Trauerbegleiter,
Begräbnisleiter,
Pfarrverantwortlicher
für die Pastoral einer
röm.-kath. Stadtpfarre in Graz,
Gestaltpädagoge IIGS

Begleitet seit 2004 die
„Offene Trauergruppe
der Stadtkirche Graz"

Langjährige
Referententätigkeit

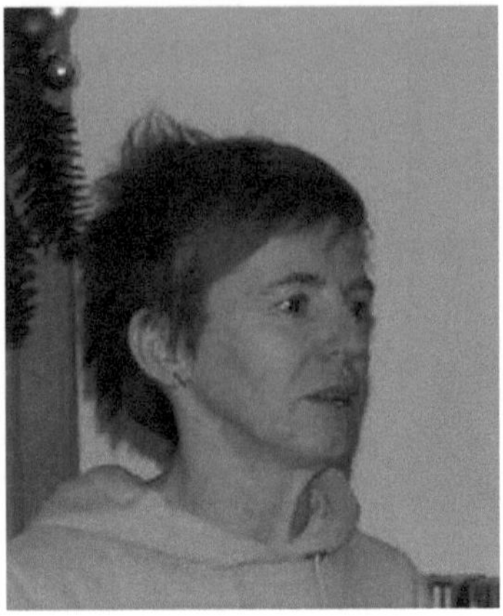

Im Gedenken an Heidi L.

## Inhalt:

Einleitung

Jeder Mensch ist Trauernder ..... 10
Jeder Mensch ist Trauerbegleiter ..... 12
Trauer ermöglichen ..... 14
WARUM? ..... 16
HOFFNUNG ..... 18
Trauer lässt sich nicht verdrängen ..... 20
Trauer braucht Zeit ..... 22
Jede Trauer sucht ihren eigenen Weg ..... 26
DANKBARKEIT ..... 28
ERINNERUNG ..... 30
Nicht werten! ..... 32
Der Grund, der trägt! ..... 36
GEDENKEN ..... 38
ANLEHNEN ..... 40
Memento mori ..... 42
Anmerkungen: ..... 44
Bildverzeichnis: ..... 46

## Liebe Leserin! Lieber Leser!

Ich freue mich, dass Sie dieses Buch in die Hand genommen haben. Ich begleite seit 15 Jahren eine offene Trauergruppe und habe aus diesen Treffen sowie aus vielen weiteren Begegnungen und Gesprächen mit trauernden Menschen zahlreiche Eindrücke gesammelt. Einen Teil dieser Erfahrungen möchte ich hier weitergeben. Ich stelle weder den Anspruch auf wissenschaftliche Belegbarkeit noch auf Vollständigkeit.

Sollten Sie gerade um einen lieben Menschen trauern, so soll Sie dieses Buch in zweifacher Hinsicht begleiten. Einerseits habe ich mir wichtige Inhalte zum Prozess des Trauerns beschrieben, andererseits habe ich Themen angesprochen, die Sie vielleicht gerade beschäftigen und zu bedenken sind.

Dieses Buch soll Sie auf Ihrem Weg der Trauer ein Stück begleiten. In diesem Sinne muss es auch nicht von der ersten bis zur letzten Seite in einem durch gelesen werden. Lassen Sie sich das eine Mal von einem Text ansprechen und ein andermal wieder von einem Bild anrühren. Nehmen sie es zur Hand, wenn Sie es gerade brauchen oder wenn es Ihnen einfach nur gut tut.

Um Verständnis bitte ich, für meine mir wahrlich nicht leicht gefallene Entscheidung, nicht zu gendern. Es erleichtert den Redefluss sehr und soll Sie so leichter zum Verweilen einladen.

Graz, September 2018

## Jeder Mensch ist Trauernder

Wir alle sind Trauernde. Der Begriff Trauer darf nicht eingeengt werden auf Trauer nach einem Todesfall, wenn wir einen geliebten Menschen verloren haben. Auch der Verlust eines Partners durch Trennung oder Scheidung, der Verlust der Arbeit, der Verlust der Gesundheit, das Zerbrechen eines Lebensplanes, das Zerbrechen von Beziehungen und Freundschaften, ja auch der Verlust eines Tieres (vor allem bei Kindern – aber nicht nur bei ihnen) und viele andere Anlässe lösen Trauer aus.

Ein Beispiel aus der Trauergruppe: Eine Dame war über 20 Jahre verheiratet. Ihr Mann wollte die Trennung, sie nicht. Widrige Umstände haben schließlich ergeben, dass die Beziehung nicht mehr halten konnte und es tatsächlich zur Trennung gekommen ist. In der Trauergruppe wollte diese Frau von uns die Bestätigung bekommen, dass sie jetzt um ihren Mann, um diese Beziehung trauern darf. Sie wusste über verschiedene Prozesse und Phasen der Trauer sehr gut Bescheid und wollte trotzdem immer wieder bestätigt haben, dass sie das Recht zu trauern hat, und zwar so als wäre ihr Partner verstorben.

Natürlich stellt vor allem der Tod eines Angehörigen eine überaus große Herausforderung an uns. Es handelt sich dabei nicht nur um ein Gefühl, sondern der Verlust eines geliebten Menschen trifft uns in unserer Ganzheit. Dies führt manchmal zum Rückzug in den Schmerz. Angehörige und Freunde reagieren oft mit Unverständnis. Doch Trauer muss und darf gelebt und ausgedrückt werden, damit wir uns wieder dem Leben neu zuwenden können.

Wenn Trauernde sich in solchen Situationen selbst beschreiben, wählen sie Worte wie: schutzlos, heimatlos, sinnlos, orientierungslos... Nichts ist mehr so, wie es war. Vieles, was Bedeutung hatte, ist bedeutungslos geworden, manches erscheint sinnlos. Es quält die Frage: Wer bin ich noch? Wozu lebe ich jetzt noch? Warum und wozu geschieht all das? Wohin soll es führen? Werde ich den Schmerz überleben? Warum bin ich nicht mitgestorben?

Trauer ist die natürliche Reaktion auf Verlust. Und das Ziel der Begleitung ist es, Hilfestellung zu bieten, um diese Verlusterfahrung zu bewältigen. Ziel der Begleitung ist kein Endpunkt der Trauer.

## Jeder Mensch ist Trauerbegleiter

Jeder von uns ist nicht nur ein Trauernder, sondern jeder ist auch Begleiter. Es ist bedeutsam, im täglichen Leben aufmerksam und sensibel zu sein und Trauernden zu begegnen.

Trauernde Menschen suchen im Allgemeinen diese Begegnung. Und als Nachbarn, als Arbeitskollegen, als Gottesdienstgemeinde usw. sind wir gefordert. Oft sind es aber Unsicherheiten, die uns den so ersehnten Kontakt nicht aufnehmen lassen. Sätze wie „Jetzt ist es schon so lange her" oder „Jetzt muss es dir schon besser gehen" sind Ausdruck dieser Unsicherheit, weil viele nicht wissen, wie sie reagieren sollen, wenn Trauernde sagen, dass nichts gut ist und dass der Verlust einfach nur schmerzt. Oft ist es auch die Angst, dass Trauernde in Tränen ausbrechen könnten, wo ich mich dann hilflos fühle. Aber meist genügt es bei solchen Begegnungen, einfach da zu sein und zuzuhören. So wundert es nicht, dass bei der Trauergruppe denen, die zum ersten Mal kommen große Hilfe von anderen Teilnehmern geschenkt wird, die selber oft schmerzvoll erkennen mussten, dass sie jemanden brauchen, der ihnen zuhört und sich Zeit nimmt, was aber leider nicht mehr selbstverständlich ist.

## Trauer ermöglichen

Bei der Begleitung von trauernden Menschen geht es – bei allem vielleicht auch notwendigen theoretischen Wissen – um ganz einfache Dinge:

Es geht darum, Trauer zu ermöglichen, in dem ich die Situation erkenne und wahrnehme. Es geht um die Bereitschaft gut zuzuhören. Dabei kann es sein, dass immer wieder das Gleiche erzählt wird. Und es geht darum, dass ich meinem Gegenüber helfe, seine Gefühle auszudrücken.

Ein solches Gespräch, bei dem ich in erster Linie ein Hörender bin, birgt aber eine große Gefahr. Allzu groß ist die Versuchung, gute und wohlgemeinte Ratschläge zu erteilen. Wir geben die Richtung, die Trauernde gehen müssen, nicht vor; wir begleiten sie nur. Darum ist es ganz wichtig, keine Ratschläge zu geben.

Trauernde brauchen das Gefühl, geborgen und sicher zu sein. Sie brauchen Schutz, brauchen Raum zur Klage, brauchen Weggefährten, brauchen Zeit. In dem Maße, in dem es uns gelingt Erfahrungen solcher „not-wendiger" Geborgenheit, wenn auch nur punktuell, zu ermöglichen, in dem Maß qualifizieren wir uns als gute Begleiter. Wir bieten ihnen dann im Chaos ihrer Gefühle und im Chaos ihres Lebens Möglichkeiten sich auszudrücken und selbst wieder aktiv zu werden.

## WARUM?

wie vor einer mauer
einer nebelwand
undurchdringlich
stehe ich mit meiner frage: warum?
warum er? warum ich? warum jetzt?

ich weiß, dass es keine antwort gibt
und es ist
schmerzhaft und mühsam zugleich
den umweg zu suchen
um wieder in meine eigene spur zu kommen

## HOFFNUNG

werden wir uns wiedersehen?
dereinst?
wo?
und: geht es dir gut?
und da (ver)bindet die hoffnung

hoffnung bedeutet: das leben hat einen sinn!
vor und nach dieser grenze des lebens
auf dieser und auf jener seite des weges
kein vages vielleicht
sondern ein festes ja

hoffnung – das leben hat einen sinn!

## Trauer lässt sich nicht verdrängen

Ermutigen möchte ich, sich der Trauer zu stellen, auch aus der Tatsache heraus, dass sich die Trauer nicht verdrängen lässt. In der allerersten Zeit kann dies zwar eine Schutzfunktion sein. Auf Dauer ist es aber nicht gut, sich mit diesem Verlust und den Auswirkungen auf sein Leben nicht ausreichend auseinanderzusetzen.

Auch wenn jeder anders trauert, seine eigene Art zu trauern hat und seinen eigenen Trauerweg geht, so wird doch – auch bei guter Trauerarbeit – bei jedem ein Rest der Trauer latent bleiben. Ein schönes Bild dafür ist der Trauersee[1]. Wie ein Gebirgssee manchmal weniger, manchmal mehr gefüllt ist, so ist es auch mit unserer Trauer. Auch wenn sie sich manchmal, vielleicht auch über Jahre, nicht bemerkbar macht, so ist sie doch da. Dabei gilt es, diese Trauer als einen Teil von sich anzunehmen und in sein Leben zu integrieren. Diese neu gewonnene Einheit wird das Leben eben um diesen Aspekt reicher machen.

In der Trauergruppe ist jeder Teilnehmer eingeladen von seinem Verlust zu erzählen. Jeder hat genügend Zeit um auszusprechen, warum er gekommen ist, wie und wann der Verlust geschehen ist und wie es ihm jetzt geht. Als eine Dame gebeten wurde zu erzählen, hat sie mit der Begründung abgelehnt, sie habe keinen Trauerfall und sei nur als Begleiterin einer Freundin mitgekommen. Wir haben dies zur Kenntnis genommen, aber wiederholt, dass wir Zeit haben, sollte irgendetwas auftauchen. Dann hat sie doch gemeint, dass vor etwa 20 Jahren da recht viel gewesen ist. Und sie hat erzählt, wie innerhalb weniger Jahre mehrere nahe Familienangehörige verstorben sind. Sie selbst musste funktionieren, weil kleine Kinder zu versorgen waren, Haushalt und wirtschaftliche Angelegenheiten sie vollkommen in Beschlag genommen haben. Es war einfach keine Zeit zum Trauern da. Und plötzlich nach all diesen Jahren ist vieles aufgebrochen, Tränen konnten fließen und sie konnte ein Stück Abschied nehmen und auch ein Stück Frieden finden.

## Trauer braucht Zeit

Vielleicht können Sie sich noch an das sogenannte Trauerjahr erinnern. Ein Jahr lang waren Menschen nach dem Tod eines nahen Angehörigen als trauernde Menschen meist durch ihre Kleidung als Trauernde erkennbar. Man nahm auf sie Rücksicht und begegnete ihnen mit Respekt. Mir ist vollkommen bewusst, dass dieses Trauerjahr auch negative Begleiterscheinungen mit sich brachte. Zum Teil wurde man im täglichen Leben eingeengt und oft auch ein Stück ausgeschlossen. Dennoch tut es mir ein wenig leid, dass es dieses Trauerjahr heute nicht mehr gibt, denn jetzt müssen Betroffene in wesentlich stärkerem Maß als früher selbst für den Raum, die Zeit und die Formen der Trauer sorgen.

Es ist bedrückend, wenn Trauernde erzählen, dass sie keinen Ort für ihre Trauer finden. Sie wollen weder ihre Familie noch ihre Nachbarn mit ihrem Schmerz belasten, indem sie darüber reden. In der Arbeit hat man nach den wenigen Tagen, die man nach einem Tod eines nahen Bekannten zugestanden bekommt, auch wieder zu funktionieren.

Trauerarbeit ist mit einem Jahr nicht abgeschlossen und dauert vielfach länger. Es gibt keine fixen Zeiten und Fristen, wie lange sie dauern darf. Aber es stimmt nachdenklich, wenn Trauernde das Gefühl haben, nicht mehr trauern zu dürfen und dass ihrer Trauer in der Gesellschaft kein Platz mehr gegeben wird.

Immer wieder geschieht es, dass Personen sich in der Trauergruppe schon beim Vorstellen für ihr Kommen entschuldigen, weil ihr Trauerprozess, wie sie meinen, eigentlich schon hätte abgeschlossen sein sollen. Dann erzählen sie, dass der Verlust des Partners, mit dem sie oft länger als die Hälfte ihres eigenen Lebens verheiratet waren, erst wenige Monate zurückliegt.

Für mich sind es immer wieder besondere Geschenke, wenn Betroffene berichten, wie sie sich ihrer Trauer stellen und vor allem dieses erste Jahr bewusst leben.

Die Jahreszeiten müssen erstmals ohne Partner durchlebt werden. (Ein wichtiger Bereich ist oft der Garten, wenn man einen solchen besitzt. Vom Keimen im Frühjahr bis zum Verblühen im

Herbst erinnert vieles an ein gemeinsames Tun mit dem Partner. Zudem müssen oft Arbeiten und Fertigkeiten erlernt werden, die früher eben vom Partner ausgeübt wurden.) Ebenso sind verschiedene Feste wie etwa Advent, Weihnachten oder Ostern sowie Gedenktage wie Geburtstage oder Allerheiligen nur schwer auszuhalten. Auch hier ist es oft schwierig, seinen eigenen Weg zu finden und nicht durch gutgemeinte Einladungen durch Verwandte und Freunde überbetreut zu werden. (Ich darf zu Weihnachten oder Silvester auch mal allein zu Hause bleiben und muss nicht tagelang bei verschiedenen Familien feiern, wenn mir nicht danach zu Mute ist.) Andererseits darf ich aber auch Wünsche äußern und mich bei meinen Kindern oder Freunden einladen.

Viele aber stellen sich diesen – meist sehr schmerzhaften – Herausforderungen, wenn sie jetzt bewusst Situationen allein durchleben, die früher zu zweit erlebt wurden. Den Urlaub am gleichen Ort allein machen, wo man vielleicht über Jahre gemeinsam war. Wanderungen allein gehen, die man früher gemeinsam gegangen ist.

Dies zeigt von hoher Bereitschaft, sich der Trauer zu stellen und sich und dem Verstorbenen einen neuen Status zu geben.

## Jede Trauer sucht ihren eigenen Weg

Es gibt verschiedene Trauermodelle, viele Theorien zum Verlauf der Trauer. Jedes dieser Modelle hat seine Richtigkeit und dennoch zeigt keines eine Einbahn, nach allen Seiten gesichert, an denen es immer nur vorwärts geht. Trauer verläuft niemals linear, ist niemals gänzlich planbar. Unweigerlich treten Situationen auf, manchmal ohne jede Vorankündigung, die den Trauernden merkbar aus der Bahn und ein gutes Stück zurückwerfen können. Solche Anlässe sind zumeist ganz banale Eindrücke aus dem Alltag: ein Bild, ein Lied, ein Geruch, ein Geschmack, ein Film. Etwas, das mich an den Verstorbenen erinnert, wirft mich auf meinem Weg zurück und muss wieder neu gegangen werden. Diese Erfahrungen sollen mich aber nicht zweifeln lassen, denn sie sind Teil eines Prozesses, der mich reifen lässt und mich selbst, ebenso meine Beziehung zum Verstorbenen auf eine neue Ebene hebt.

> „Trauer gleicht einem langen Tal, wo jede Biegung eine vollkommen neuartige Landschaft enthüllen mag. Manchmal besteht die Überraschung aus dem Gegenteil; man steht vor genau der gleichen Landschaft, die man kilometerweit hinter sich glaubte. Dann fragt man sich, ob das Tal nicht ein Graben sei, der im Kreis führt.“[2]

Dieser Weg wird dazu so manche existenzielle Herausforderung stellen können. Zurückgelassen vom Partner zeigt sich manchmal in vielen Bereichen Ohnmacht. Emotionale, finanzielle oder pädagogische Anforderungen lassen aus dem Zurückgelassensein ein Gefühl des Alleingelassensein entstehen. In dieser Achterbahn der Empfindungen mischen sich Wut, Ärger und vielleicht auch Zorn gegenüber dem Verstorbenen. Darf das sein? Ein Unterdrücken solcher Gefühle auch einem Verstorbenen gegenüber ist nicht heilsam. Vielmehr sind hier wahre Freunde gefragt und gefordert.

## DANKBARKEIT

noch bin ich nicht so weit
der schmerz ist einfach zu groß
doch ich wünsche so sehr
dahin zu kommen
dass ich
wenn ich an dich denke
nur dankbar sein kann
für die uns gestundete zeit
für unser gemeinsames unterwegssein
in freude und leid
im bangen und hoffen
für unsere liebe

## ERINNERUNG

von mir zu dir zu mir
führt die erinnerung

von mir zu dir zu mir
verschmelzen zeiten und räume

von mir zu dir zu mir
ein flügelschlag der ewigkeit

von mir zu dir zu mir
lebt die erinnerung

## Nicht werten!

Ein-Schnitt Tod! Vieles gerät durcheinander. Was ich für den Eintritt eines solchen Falles planen wollte, lässt sich nun doch nicht einordnen in die Schubladen meiner Realität. Jetzt gilt es diese Realität des Todes anzunehmen, auch wenn ich sie nicht wahrhaben will und wahrhaben kann. Es gilt beim Verstorbenen zu sein, ebenso wie bei mir selbst. Da hilft auch kein Haschen nach externen Haltegriffen, etwa in Form einer Schuldfrage.

> Die über neunzigjährige Mutter, seit vielen Jahren ein Pflegefall, ist im Krankenhaus verstorben. „Wie konnte das geschehen, da sie eigentlich ja gar nicht so schwer krank war? Hat man ihr die nötige Hilfe auf Grund ihres Alters oder wegen der personellen oder finanziellen angespannten Situation in den Spitälern nicht zuteilwerden lassen?“

Diese Schuldfrage muss sich aber nicht nur gegen andere Personen richten, sie kann auch sich selbst meinen und zur Belastung werden.

> „Ich wollte bei meiner Mutter im Krankenhaus bleiben. Es war absehbar, dass sie nicht mehr lange leben würde. Ich war ihr diesen Dienst schuldig und tat es gerne. So wie sie für mich stets da war, war ich bei ihr am Ende ihres Lebens. Ich hab ihr die Hand gehalten, sie gestreichelt. Ich habe mich bei ihr für alle Liebe, die wir erfahren durften, bedankt.

Nur einen kurzen Augenblick habe ich das Zimmer verlassen, um die Toilette aufzusuchen. Als ich zurückkam, war sie verstorben."

Nehmen wir ein derartiges Ereignis, welches nicht selten in dieser Art geschieht, als Geschenk der Sterbenden an ihre Angehörigen an. Sie wollten diese selbst hier noch schonen und sind allein über die Schwelle des Todes gegangen.

Jeder Tod ist einzigartig, wie auch jeder Mensch einzigartig ist. Oft wird den Angehörigen gerade an dieser Grenze des Lebens die Einmaligkeit der Verstorbenen, auch mit ihrer einzigartigen Lebensgeschichte bewusst. Und diese Einmaligkeit darf den Angehörigen auch von den begleitenden Menschen nicht genommen werden, nicht durch Vergleiche oder gar durch Wertungen.

Eine neunzigjährige Frau und ihre siebzigjährige Tochter haben über Jahrzehnte in einer gemeinsamen kleinen Wohnung gelebt. Durch den Tod der Mutter wurde der Tochter ein wesentlicher Teil ihres Lebens genommen. Für sie ist dieser Verlust genauso tragisch wie der Tod eines jungen Menschen bei einem Verkehrsunfall oder Lawinenunglück.

## Der Grund, der trägt!

Trauert nicht wie die, die keine Hoffnung haben. [3]

Glaubende haben eine Hoffnung, die trägt. In unserer schnelllebigen Zeit wollen viele Menschen nicht auf ein Leben nach dem Tod vertröstet werden. Mit dem Hereinbrechen des Todes in unsere Welt weitet sich aber vielfach wieder der Horizont über das Sichtbare hinaus. „Das kann doch nicht alles gewesen sein." Der Trost aus dem Glauben ist kein billiges Vertrösten, nein wir haben die Zusage Jesu: „Im Hause meines Vaters gibt es viele Wohnungen" [4]. Menschen, unabhängig, ob sie einen Bezug zu einer konkreten Pfarre haben, wünschen sich gerade in solchen Situationen ihres Lebens eine spirituelle Begleitung, suchen Austausch mit anderen Menschen in gleicher Situation, brauchen einen Ort, wo sie frei von bestimmten Erwartungen oder Bildern sie selbst sein können.

In der Trauergruppe haben neben dem gemeinsamen Gebet auch Zweifel und Klage, auch Anklage ihren Platz und können Gott entgegen gebracht werden. Biblische Beispiele helfen dabei und sind sehr ermutigend, dies zu tun. Viele Menschen getrauen sich aber auf Grund ihrer kirchlichen Sozialisation nicht diese Anklage Gott gegenüber auszusprechen. Bestätigt durch eben diese biblischen Beispiele etwa aus dem Buch Hiob oder dem reichen Schatz der Psalmen gilt: Gott hält das schon aus. Er weist uns nicht zurück und lässt uns in dieser Situation nicht allein.

Riten helfen beim Begräbnis und Rituale helfen auch in der Trauergruppe, den Verlust anzunehmen und Gott anzuvertrauen. Auch im Alltag möchte ich sie ermutigen, diese unsere Glaubenszusage bei Gesprächen mit Trauernden anzusprechen und den Trauernden zuzusprechen.

Bedenkenswert ist ein mir zugefallenes Wort: „Wir leben heute zwar länger, aber insgesamt kürzer, denn: Früher lebten die Leute dreißig plus ewig und wir nur noch neunzig.“[5] Ich frage: Welcher Gewinn entsteht uns durch den Verlust der Ewigkeit?

## GEDENKEN

wir
gedenken
unserer verstorbenen
nicht
damit sie leben
sondern
weil sie leben

## Anlehnen

immer stark sein müssen
immer nur funktionieren
wo darf ich sein wie ich bin?
wo mich anlehnen?

kann ich wie die beter in den psalmen sagen
„meine hilfe kommt vom herrn
der himmel und erde gemacht hat“[7]
und
„er behütet dich damit dein fuß
nicht an einen stein stößt“[8] ?

ich wünsche es mir so sehr

## Memento mori

Bei jedem Sterben und bei jedem Tod eines Bekannten stellt sich auch die Frage nach dem eigenem Sterben.

Die Aufforderung „memento mori“ – „bedenke, dass auch du sterblich bist“, ist dabei keine Aufforderung dem Leben zu entsagen, sondern vielmehr ein Bekenntnis zu einem Ja zu diesem Leben, um es gut und sinnvoll zu gestalten. Sie ist eine Aufforderung, sich zu hinterfragen, wie sein eigenes Leben in Verbindung zu Umwelt und Natur, in Beziehung zu den Mitmenschen und auch in Beziehung zu Gott gelingt.

Wie es die Kunst zu leben (ars vivendi) gibt, so gibt es ebenfalls eine Kunst des Sterbens (ars moriendi). Beides gut zusammenzuführen macht unser Menschsein aus – weder das eine zu vernachlässigen, noch das andere zu verdrängen. In diesem Bewusstsein kann das Leben gut gelebt und auch genossen werden.

Hier möchte ich noch eine weitere gute Tradition in Erinnerung rufen und wieder neu mit Leben füllen: das Gebet um eine gute Sterbestunde.

## Anmerkungen:

1 Weiher, Dr. theol. Erhard, Universitätsklinikum Mainz

2 Lewis, Clive Staples, Über die Trauer, Patmos Verlag, Düsseldorf, 2006, S 64

3 Apostel Paulus, Brief an die Thessalonicher (1 Thess 4, 13)

4 Evangelist Johannes im Johannesevangelium (Joh 14,2)

5 aus: „Offener Himmel, Christsein in Salzburg“ Herausgeber Seelsorgeamt der Erzdiözese Salzburg, S 89 ff

6 Hartlauer Fritz (1919-1985), steirischer Künstler, gestaltete 1977 eine Trennwand in der Grazer Stadtpfarrkirche mit dem Motiv der „Urzelle“

7 Psalm 121

8 Psalm 91

## Bildverzeichnis:

### Julia Kainz

Titelseite: Ägäis, Griechenland

S 11: Edipsos, Euböa, Griechenland

S 21: Little Adam`s Peak, Sri Lanka

### Rudolf Kainz

S 13: Strommast in Borat, Insel Krk, Kroatien

S 17: Spätherbst, Teichalm, Steiermark

S 27: Fanealm, Südtirol

S 33: Schwimmkerzen, Trauergruppe

S 35: Olivenbaum, Piran, Slowenien

S 37: „Urzellenmotiv“ Ausschnitt aus dem Hartlauergitter[6], Stadtpfarrkirche Graz

S 39: Kreuzgang, Südfrankreich

S 41: Zypresse in Opatija

S 43: „Doppelter Christus“ Kalser Törl, 2809 m, Übergang Salzburg – Osttirol

### Harald Wickhoff

S 15: Schiffsmasten, Schweden

S 19: Moorwanderweg, Teichalm, Steiermark

S 23: Venezianische Lagune, Italien

S 25: Blick vom Großglockner

S 29: "Standfest", Rabac, Kroatien

S 31: Rechlin, Mecklenburgische Seenplatte, Deutschland

MIX
Papier aus verantwortungsvollen Quellen
Paper from responsible sources
FSC® C105338

Printed by Books on Demand GmbH, Norderstedt / Germany